KB269702

사이, 머무는 시간

김중용 시인

도서출판 지식나무

시인의 말

깊은 밤,
어둠 속으로 스며들수록
별빛은 더욱 짙어지고
별과 나누는 이야기들은 쌓여갑니다.

새벽이 동트듯
긴 고요 속에 피어난 이야기를
한 권의 시집으로 모았습니다.

혼자보다 함께일 때
세상은 더 빛난다는 믿음으로
오늘, 이 책을 내어놓습니다.

별 하나,
당신께 바칩니다.

차례

사이, 머무는 時間

수국

길가
나의 갤러리
자그마한 수국 한 송이
품었다

좋은
커피향이 흐르는
엔틱 카페 앞
발리 비키 원피스 입은 여인이
또각또각 지나가고

에스프레소 한 모금
니코블루 수국 한 모금

여름이 익어간다

쓰임새

각자의 몫이 다르거늘
선 너머 범위를 침범한다
소주잔과 맥주잔

이미 반쯤 열린 입속으로
들어갈 이슬은 맑지만
때로는 폭탄 되어 터진다

오만가지 사연이 담긴
소주잔과 맥주잔
쓰임새가 무색하도록
섞여버린 내용물은
취기를 불러오고

달은 중천에 떠올라
밤은 깊어가는데
집은 멀어지고 있다
또 다른 술자리가 부른다

비틀거리는 발소리에
자다 깬 개소리가 꾸짖어도
돌아갈 곳이 있으니
그래도 살만한 세상 아닌가
쓴맛 속의 단맛을 음미하며

자리끼를 챙긴다

능소화 닮은

시리다
웃음이 온통 시려
마음에 생채기를 내며
가시에 긁힌 듯 저려온다

딸아이 남친이 생겨
이러쿵저러쿵 얘기하는 내내
수그러드는 마음은 내 마음이 맞는지

동네 어귀 열두 척 미류나무
큰 키에 매달려 피어난 능소화
너를 보듯 딸아이를 보았다

소담스런 꽃망울이
찬 기운을 앞두고 잘 버텨낼런지
한참을 애닲게 들여다 보았다

딸아이 닮은 주홍빛
은은한 자태마저 향기롭지

입동을 앞두고
흔적 없이 떨군 꽃잎은
가슴에만 남아 있다
그토록 오랜 친구가 되어주더니

그놈에게 가버린 딸아이 모습에
허공을 타고 가로지르는
바람 한 조각 섭섭한
내 마음 알아나 줄런지
푸른 잎을 헤집고 넝쿨로 피었다가
저문 해질 녘엔 말없이 떨구는 능소화는 알런지

아비 꽃은 그렇게
피다지다
내게서 떨어지려나 보다

사.유

짙게 그어둔 관계의 선이
창밖 너머 다가오는 그림자에
꼬리 감춰 달아난다

거짓 가면에 숨어진 이기로
私有하려 했던 건 아닐런지.
그러지 않고서야
순식간에 뒤집혀진 마음을
선명하게 해석할 수 없다

한겹 벗겨진 빈 몸이 들켜질까
단단한 껍질로 가려보아도,
세찬 바람에 옷깃 움켜잡아봐도,
나그네의 외투 자락은
핑크 햇살 한 줌에 툴툴 털어진다

선을 넘어선 사유

깊은 들숨 사이로
소나무 향이 찐득하게 스며들면
발길 닿지 못할 숲이 솟아난다

가만 들여다보는 숲속.
목청 높여 비명을 지르는
산새 한 마리 애달파라
소리 없는 숨죽여온 저 새는
미풍 맞은 몸뚱이를
수줍게 비틀어 부딪히는
잎새 위에서
갇혀둔 애환을 쏟아낸다.
허공 위로 영혼을 쏘아 올린다

비로소 나는 思惟한다.

한 톨의 사유 없이
지워진 선위를 사유한다

전생의 꿈!처럼

그 남자

별이 된 아내 곁을 지키는
남자의 슬픔을 몰랐습니다
언 땅을 눈물로 파고 흙 속에 묻고
가슴에 담아 오신 걸 몰랐습니다
근 40여 년 그림자처럼 살아오신
아내의 빈자리

그날
아내 없는 빈집을 들어올 때
아팠을 마음을 몰랐습니다
허허실실 하시는 그 모습이 떠올라 더 아픕니다
남은 생 그림자 없이 살아가야 할 테니

남자는
하늘을 바라보는 버릇이 생겼지요
어느 별일까
고요한 뭇별 중 남자의 아내는 분명 있을 겁니나
가끔
빈집을 들어올 때 눈물이 흐르는 건

무서워서가 아니고 외로웠을 겁니다
아내가 보고 싶은 건 남들 앞에선
얘기할 수가 표현할 수가 없어
그렇게
빈집 아내가 있는 벽 사진 앞에서 울곤 했겠지요
그리고 속삭였을 겁니다

여보...
언 땅 눈물보다 더 덥고 시린 당신은
평생 나의 반려자였소
기다려요.

나의 친구 며늘 아가야

한껏 힘주어 꾸며낸
국화꽃 사이
낯익은 어른의 영정 앞에
무릎 꿇어 절합니다

살아생전
당신 하고픈 말
아들에게 숨겨두고
며느리 앞에 쏟아내시던
매서운 기세는 어디 두고
고요히 침묵하십니까

살아생전
금지옥엽 키운
자식 뺏어간 며느리라
죄인같이 호령하던
아들 둔 어미의
불같은 성정은 어디 가고
이토록 온화하십니까

그 아래
어깨 움츠린 며느리는
폭포 울음 쏟아내더이다

한평생의 미운 정 고운 정이
아쉽다며 울고
참지 못해 대꾸했던 한마디가
후회스럽다며 웁니다

자식보다 더 자식된
며느리의 들썩이는 어깨를
차마 껴안지 못하고
토닥입니다

며늘 아가야
괜찮다 고맙다
영정 속에서 웃고 있는 건
먼저 떠난 영감 대신
한평생 지켜주던
며늘 아가 덕분이란다.

살아생전~
칼날 같은 상처만 남겼구나
다음 생에는
너의 며느리가 될 테니
남은 설움 모두 풀려무나

나의 벗 아가야
고맙다 미안하다

남천의 씨방

그리움 쏟아지는 날,
한 줌 감성으로
바람따라 걸어보라

찬 서리 견딘 남천이
단풍보다 더 검붉게
살랑일 테니

박새 한 마리
물어 나르는 씨방은
아직 오지 않은 정인을
기다리는 마음

남천에 비가 와도
원망은 없다
빗물에 울음 씻기고
한 줌 마음 떨어져도

남천은 붉고
씨방 한 광주리 따다
박새처럼 입에 물고
씨앗은 아이처럼
길러보리라

그 향 따라
정인,
손짓해 줄런지

행복하소서

슬픔은 바람 따라 멀리 날리고
기쁨만 머무는 그런 당신이기를 바랍니다.

삼복의 뜨거운 열기는
한적한 산사에 스치듯 흩날리고
처마 끝에 매달린 풍경을 살포시 흔들어
맑은 소리 내어주는 첫 번째 바람
그 바람은 아마 당신 마음을 쓰다듬고자 온
친구일 겁니다.

산사 아래, 오르막길을 오르다
숨 고르는 이의 이마 위 땀방울을 식혀주는
두 번째 바람
그 바람은 당신과 나란히 걷는 가족일지도 모르지요.

느리게 흐르는 시간이 더없이 좋은
이 고요한 산사에서
바람과 같은 가족을 느끼며
당신의 안녕을 위해

두 손 모아 합장합니다

부디, 어느 자리에 있든
사찰 처마 끝에 대롱이는 풍경소리처럼
당신 마음에도 고운 울림이 퍼지기를 기원합니다

행복하소서.
고요히, 깊이, 오래도록.

상사화

보고 싶고
그립습니다
어찌하면 좋을까요
애달프다 손짓해도 손끝
잡히는 건 허공뿐입니다

꽃이라 어여쁨 온몸 받으신들
이제야 피어나는 잎은 어쩌란 말씀인지요
슬프고 애달파, 사는 그날까지
그리움만 꽃송이에 피우다 가셨다지요

내 사랑도
닮았습니다
가고 오고를 매일인 듯 하고 있으니

꽃 지고 잎 피니
둘은 언제쯤 하나가 될까요
상사화는 오늘도
기다립니다

개와 사람

나비넥타이를 맨
옆집 개와
러닝셔츠에 슬리퍼를 신은
개 주인은
산책을 하고 있다.

개는
중요한 파티에 갈 거고
주인은 어디로 가는 걸까?
개 산책이겠지

의복은 나를 대변하더라

개 주인은
개 같은 자유를 갈망하고
개는 주인을 이끌고
넛느러신 주인 행세를 하겠지

뒤바뀐 삶도 그럴듯하더라

일상의 흔적

여운

도심에서 싱그러운 풀을 뜯는 나는
한 마리 양이였다
미각에 드리운 여운
향취에 이끌린 코끝
초원 위 벌거벗은 채
사방 향해 고함치며
희로애락에 붙들린 삶에 피로감

며칠 간의 여행은 자유로운 영혼과
윤리, 도덕을 함께 해야 하는 패키지
넓은 대륙 새로운 땅
신선한 풀을 뜯는 양의 목덜미에 긴 끈 묶여
노란 깃발만 따라가야 한다
자유와 오디션

북해정의 우동 한 그릇은
보상이 따르는
싱싱한 초원의 풀이기에 충분하였고
코끝에 살랑이는 향취는 미각 일깨우는 맛들이

오감을 자극하고,
종일 휘날리는 눈발은
간직해둔 동심마저 함께 휘날리게 한다

싱싱한 눈밭에 셔터 누름은
지금 이 순간을 박제하고
라벤더는 그대로 기대 속에 숨겨둔다
천지가 백설이다
뭉쳐지지 않는 눈송이는 눈사람조차 거부한다
간간이 비추는 햇살은 은혜로와
목마르지 않고 배고프지 않겠다
눈 아래 자라는 싱싱한 초원이 있을 테니
여운을. 간직한 채

여행은
여운 속에 가슴을 저민다

거리의 소산

월요일 아침
부랴부랴 꾸미고 거울 앞에 섰다
Ce 깜짝 놀랐다
차라리 10분 덜 자고 더 가다듬으면
이토록 당황하지는 않았을지

머리숱이 줄어든 건 인생이 짧아서일까,
아니면 시선의 착시일까
늘어진 눈꺼풀은 세월의 가벼움인가,
덧없음의 무게인가

영민 작가는 말했다
"인간이 취한 관점과 거리가 빚어낸 결과,
그걸 깨달아야 비로소
시간의 노예가 되지 않는다."

출근길,
코트 깃을 한껏 세우고
가죽 장갑을 단단히 끼운 채

인사를 건넨다.

출근한다고
돈 벌러 간다고

돌이켜보면 한평생
자유와 풍요를 스스로 멀리하며 살아왔구나.
이쯤에서,
그 주모자가 누구인지 생각해 볼 일이다

나를 놀라게 만든 그 주범,
아마도…
(4층 우리 집 어딘가에서
 피식 웃고 있지 않을까.)

주부

여인의 가방,
짙은 가죽에 섬세한 장식이
품격을 더한다
L V

그 세련된 가방 위로
대파 한 단이 불쑥 고개를 내밀고,
무게로 보아
감자도, 주키니 호박도
그 안에 숨었으리라

금요일 늦은 오후,
하루 종일 힘겨웠던 햇살이
서쪽으로 기울어
검붉게 풀린 채
조용히 누워간다

'불금'이라 들뜬 거리,
여인은 기다리는 식구들의

찬거리를 사 들고
종종걸음으로 걸음을 재촉한다

차창 밖 스치는 뒷모습 속에
오만가지 사연이 이는 건
그 모습이 나와 닮아 있어서다
저녁 시간을 기다릴 자식들이
불금의 유혹을 뿌리치고
손짓하는 거리를 모른 채 하게 되겠지

그렇게 키워
우리는 이만큼 자랐고
자식들도 커가고 있다

햇살은 초저녁잠이 많아
일찌감치 문을 닫고

여인의 집 식탁 위,
된장찌개는 보글보글
맛있게 숨을 고르고 있으리라.

유유자적

늦은 아침 햇살을
잠자리서 맞이한다

딸아이의
투정 섞인 목소리가
식탁에서 들리고
영상기획 山 이
화면 가득한
휴일 아침은
싱그럽고 여유롭다

습관처럼 열어보는
폰 속에
아침 인사가 와있고
쓰윽 흘리는 미소는
주인공이 따로 없다

정오
여유로움은

볕이 진하고 바람은
풍부해 발길을 만들기도 한다

유유자적

휴일은 평화롭고
사랑을 잉태한다

요령

영하 10도
연휴 속 강추위

하루 종일 누워 있는 것도
기술이 필요하더라
베개가 두 개, 무릎 담요
티비 리모컨, 그리고 과자 한 봉지
아~맞다. 콜라도

야자수가 펄럭이는 화면 속
눈 마주치는 곳마다
풍경화를 그려내고
푸른 잔디와 맞닿은
시원한 물가에 목이 긴 고니 한 쌍이 노닐고 있다

서울 동대문구에서는
남희석이 특유의 찡그린 웃음을 실룩거린다
딩동댕~
쇼트트랙 1,000미터에선

금, 은메달을 딴 우리 선수들이
매일 흘렸을 땀방울의 결실이라
가슴이 뭉클하다

세상 하나에 취해
가치 기준이 수렴되는
획일적인 것이 아니라는걸
깨달아진다

어디,
누워 있는 건 쉬운 줄 아나
자칫하면 목에 담 온다

취기

모두 모든 게 아름다워 보여요
술은 내가 마셨는데
하늘이 왜 발갛게 취하는지

속 울음 숨기려 고개 돌리니
취한 노을이 씨익 웃는다

내 너 대신 취할 테니
어둠 헤매지 말고 자려무나
차갑다 투정해 본들
태양이 솟아나지 않을 테니
밤이 까맣다고 원망마라

어두워서 밤일 테고
취한 술이 아침 이슬로 돌아갈 적에
함께 깨어날 테니

아름다운 밤입니다

붕어빵

새벽녘 내렸던 서리는
너울 파도 되어 달려오고
찬바람에 흐트러진 머릿결이 무거웠던가
어깨가 땅에 꽂힐 듯 움츠러드네
주머니 속 두 손 꽂은들
귀와 코끝, 볼때기는 떨어져 나간 듯
얼얼한 겨울을 등에 지고, 이고 걸음 옮긴다

몇십 년 만에 찾아온 북극 한파란다

바지춤에서 진동이 울어대도
꺼내볼 여유 없는 총총 걸음

수북한 털마저도 얼어붙은
신발 안 발가락이 빈틈없이 오므라들며
희미한 불빛 따라 바삐 움직인다

반가운 이를 만나도
악수조차 하지 못할 못된 심술이다

모퉁이 돌아서니 익숙한 내음이
웅크렸던 고개를 들어 올리게 한다

붕.어.빵
얼어붙은 입술을 겨우 떼어
"세 마리 주이소"
찬 기운에 껍데기는 금세 식어도
한입 베어 문 속살이 뜨끈하다

겨울이 사르르 녹아내리면
달달한 팥앙꼬가 채워진다
한 마리 뚝딱, 뱃속에 털어 넣고
남은 두 마리는 애들 나눠 줘야지
현관문 앞 붕어빵은 아직도 미지근하다

졸업

문득 내다보는 길가에
얼굴보다 커다란 꽃다발을 껴안고
신이 난 아이가 엄마 손 잡고 지나간다
졸업인가 보다

기억한 켠 동무들이 떠오르는 졸업
얘기 잘하던 그 아이는
입에서 나비가 훨훨 날았지 웃프다. 우프

눈뜬 아침의 설렘이 낭만으로 부풀어 올랐고

떠나보내는 선생님의 마음도
떠나가는 학생들의 마음도
자리는 달라도 같았을 텐데

헤어져도 헤어지는 게 아니고 다시 만나는 그날
세계를 품고 교향곡을 울리자고
손가락 걸어 약속 했었지

먼저 울지 말아야지
다짐하는 시간조차 코끝이 찡해오고
노래 속의 안녕이란 단어에
누군가는 눈시울을 붉힌다
여기저기 훌쩍이는 눈물이
그때 그 시간을 전염시키고
소매 끝으로 훔쳐낸 눈물이 강을 이룬다

아쉬워서 울고 친구 따라 울고
지켜보는 어른들도 울고
내일이면 또 만날 동무들이
무에 그리 슬펐던지
무에 그리 안타까웠던지

색바랜 추억을 떠올리니
오랜 동무가 그립다
서로 눈물 닦아주며 손가락 걸던 그 아이는
주름 가득한 중년이 되었을 테지

들여다보는 거울에
졸업식 앞둔
아이 어른이 서 있다

돌무지 어깨

고향 땅 동네 어귀
찾는 이 없는 한적한 집터에
엉성한 듯 빼곡한 돌무지가
밤낮과 사계절, 비바람을 지켜낸다

와르르 무너져 내리면 어쩌지?
괜스레 불안한 나의 기우는
지난 십여 년을 반복해 와도
괸 돌 하나 자리 바뀜 없이
여전한 제자리다

서로 밀치거나 시기하지 않고
각자의 몫을 감당하는 굳은 의지로
무얼 지키려느냐

담장에 갇힌 보물상자.
울고 웃던 추억 한 줌 옅어질까
속살이던 사연 한 조각 증발할까
묵직한 돌더미로 꼭꼭 눌러 버티는

어깨의 무게가 뻐근하다

한 켠 방구석에 잠시 쉬어도 좋으련만
얼어붙은 몸뚱이가 봄볕에 녹을 때까지
부둥켜안은 체온으로 버텨 내는구나

도시로 떠난 주인이 고향 찾는 날
돌무지 위에 이슬방울 떨구겠지
어릴 적 기억들을 켜켜이 지켜주어
고맙고 듬직하다 다독이겠지

돌 틈새
단단한 너의 소망도
이루어졌으면 좋겠다

몸살

뻐근한 밤이다
토막잠 사이로
봄꽃과 함께
그대가 스러졌다

손짓 하나 남긴 채
꿈길 저편에 사라진 그대여
대체 무에 그리 대단하다고
앓지도 않던 내 몸까지
이토록 꺾어 놓았는가

쑤시고 저린 삭신
무슨 죄지은 관절마냥
난데없는 고백을 쏟아내기에
피한 눈길 안으로
빨랫줄에 널린 남색 비 한 상
바람결에 널렸다가
고꾸라지는 것이 꼭 나 같다

알약 두 알 털어 넣고
아랫목으로 숨는다
몸서리치는 한 밤을 지나
쾌청한 새벽을
기어이 밝혀야 하기에

코끼리 같은 체중이
가라앉는 이불 속
잠이라도 푹 들게 해주오

텅빈 틈으로
그대 얼굴 떠올라도
오늘은,
마음까지 아플 수는 없어
내일의 그리움을 닫아 둔다

밤은 길어도, 새벽은 온다
부디
이 밤은
무사히 지나기를

알 수 없는 거

-엄마:
 쉬하고 손 씻었어?
-아이:
 나 옷으로 꼬추 잡아서 괜찮아.
-엄마:
 그래도 손 씻어야지
-아이:
 아빠가 꼬추 손으로 안 잡으면 괜찮다고 했어.
 진짜야. 물어봐.
 엄마는 꼬추 없어서 모르지?

난 안다
정답은 이미 정해져 있다는걸
아이의 말이 맞다
웃기는 세상이다

비와 막걸리 그리고 파전

봄비가 구슬프게도 내리는 저녁이다
퇴근길 구부러진 골목 끝
네온 불빛 흐릿한 대포집
하루 일상에 지친 어깨 하나 기대어 앉는다

빗소리 섞인 조용한 술잔 속에
동그라미 노랫가락이 퍼진다

지글지글 파전 위에
하루의 피로가 익어가고
막걸리 한 사발,
속울음처럼 부드럽고도 쓰디쓴 인생을 넘긴다

말없이 마주 앉은 그림자와 나
저마다의 사연을 비에 적셔
구슬프게 젖은 눈동자에 띄운다

쓸쓸함도, 외로움도
봄비 속에 스며들면
참 아름답다.
너처럼

마술사

오늘. 하루
어떤 조화를 부려
세상을 만들어 볼까

내 기분에 따라
달라지는 하루

싱싱한 햇살에
푸성귀들도 어깨를 으쓱하고
등 뒤에 업힌 바람도
내 그림자 쫓아 졸졸 따라다니는

오늘은 행복한 날로
만들어야겠다

내 마음 따라
딜라지는 세상인 것을

빨래

바람이 성급히 달려와
빨랫줄에 걸린 감색 티셔츠를 거칠게 흔든다
바닥에 떨어진 흰 양말 위로
먼지가 고운 눈발처럼 내려앉는다

울음을 다 쏟고 난 뒤
눈가가 퉁퉁 부은 사춘기 소녀
그 슬픔은 어디서 길을 헤매나

푸르다, 해맑다, 그리고 아리다
너의 사춘기 눈물은
젖은 빨래보다 먼저
바람결에 뽀송하게 마를 거다
그러니 소녀여, 오래 슬퍼 마라

어떤 이의 가슴 속 먼지든
그마저도 걷어가 줄 테니
마음 무거운 이들 모두 이리로 오라

저마다의 사연이
빨랫감과 함께 펄럭인다.
천태만상 삶의 주름을 털어내고
저 먼 데로 흘려보낸다

나와 나 사이

익어가는 우리

화장품 냄새는
당신이기에 좋은 것입니다
그늘진 하루를 지우는 당신은
나의 보금자리입니다

겨울답게 매서운 날씨 속에도
당신이 있어
봄이 오는 소리를 듣습니다

그 소리는
당신의 정(情)일 거라 믿습니다

초승달이 가냘프고
동짓달 긴 밤이 막 지난
깊은 겨울 속,
지붕 위에 내려앉은 달빛엔
따뜻한 온기가 있습니다

함께한 세월
정말 고맙소

그리운 가슴

카네이션 향기가
10차선 도로 따라 은은히 번진다
풀빛보다 짙은 초록이
여름을 알리는 건,
단지 입하(立夏)라서만은 아니다

벗기면 벗길수록 아린
내 생채기들은
그늘진 하늘에 숨 쉴 틈을 찾아
바람과 함께 잠시 머문다

길 건너 인도 위,
꽃을 가득 실은 리어카와
그 꽃에 파묻힌 노인네

노란 우의를 입은 여자가
한참 이야기를 나누더니
꽃을 한 아름 가져간다

리어카 앞을 서성이던 중년 남자는
다발을 만들어 챙겨가고,
교복 입은 여학생들은
까르르 웃으며
한 송이, 두 송이 사 간다

"영감, 오늘
목 좀 풀리시겠네."

부모를 가슴에 묻고 살라치면
카네이션을 살 필요가 없겠지
꽃 달아드릴 가슴이 없으니

무엇이 그리 급해
이리도 일찍 가셨을까

5월은 짠하다,
지독하게 짠하다

입하의 빗줄기는
밤이 오는 줄도 모르고
거세게 내린다

오늘 밤은 조금 일찍 잠들어
꿈에서라도
엄마를 만나고,
아버지를 불러 묻고 싶다
왜 이렇게 서둘러 가셨냐고,
꽃 달아드릴 넓은 가슴을
내게 남겨두지 않으셨냐고

5월 8일,
라일락 향 따라
카네이션 향 따라
더 깊어지는 두 이름

어머니,
아버지.

당신들이 계셨다면
나는 오늘,
이 길 위에서
꽃 한 송이를 너 사 들있을 텐데.

서풍

사랑은 또 무슨 사랑

꽃 무리가 서풍을 타고 흩날린다
문드러진 가슴엔 울음 한 조각 없으니
꽃이 져도 슬픔이 없다

다만
스쳐 간 서풍이 남기고 간
가슴 시린 사연이 마중물이 되어
어쩌면 새싹처럼
내 마음 한 곳에 돋아날는지

요즈남새
한적한 뒷담길을 걷다 보니
뒤늦게 피어난 매화꽃 한 송이가
여리게 피었다
한참을 바라보다가,
철 지난 매화나무에 핀 그 꽃이
마치 나와 닮지 않았나

길 끝
모퉁이를 돌아서니
바람에 모두 흩날려 갔을까,
떨어진 꽃잎 하나 없건만
어디선가 향내가 번진다

또각또각, 잘 차려입은 여인이
나를 스쳐 지나간다

나이 탓이겠지
눈물도, 사랑도 말라버렸는데

사랑은 또 무슨 사랑인가

소란한 보통 날

일요일 아침!
무엇을 해야 하는지는
며칠 전부터 정해져 있었다

치즈 케익 두 조각과
에스프레소 커피 한잔으로
아침을 건강하게 시작한다

가을이라는 이유만으로도
세상엔 감사 거리가 넘쳐난다

개구쟁이 같은 구름 속에
오늘은 비가 없어야 할 텐데

팬텀싱어에서 듣고 반한 곡
나만의 비밀 스토리와 이어지는
매력적인 곡을
귓속 가득 채우며

오늘은
감색 넥타이를
배꼽까지 늘어뜨리고
거울 대신
반짝이는 구두를 보면서

가자
예식홀로

계절

논길을 나서는
걸음 그 위에 가을이 깊게 드리운다
가볍다

고춧잎은 밭을 놓아
훑어간 지 오래인 듯 휑하고
수리 도랑 위 잡초는
이미 늙어버려 빛바랜 지 오래지만
누런 늙은 호박 한덩이 몰래 품어있고
주인 영감은 가소로이 내려다보며
수확을 들어 올린다

늦가을

텃밭보다 한 뼘은 크겠지
밭두렁 위를 무너질세라
조심스레 걸음 옮기며
한여름 푸르렀던 잎들이 나 인냥
백발이 금빛이니

남 일 같지 않게 구슬프구나

커피 한잔이 생각난다
향 좋은 달달이...

들판에 서서
변덕스럽기가 내 님 마음같은
구름을 바라보며
또 그 속을 더듬어 본다
별
뭇별들이 무수히도
어둠을 기다릴 텐데
아직은 보내기 싫은 햇살이
구름을 살랑이며
늙은 텃밭 주인이랑
그림자놀이를 하고 있다

호미를 드니 호미를 들고
낫을 드니 저도 낫을 든다

가을갈이가 한창인
옆 논마지기 할아비는

연신 땀방울이 흐르고
나는 나대로 한 움큼 남은 가을걷이를 한다

늙은 노각이 제 뱃속을 갈라
품었던 씨앗을 잉태하면
밭 주인에게 곧 떨어질 햇살만큼이나
다정하게 속삭인다
알았어. 알았다고

내 어머니가 그러셨듯
내가 그랬듯
서쪽 신작로를 바라보며
어머니 오시기를 기다릴 적
지는 땅거미보다 무서운 건
애타는 그리움이었지

가자. 집으로
눈에 밟히는 건
어머니, 어머니..

신뢰

미소로 악수를 하며
신뢰를 살며시 쥐었다
조심스런 마음을 전달하며
어떤 마음일지 들여다 보았다
바라는 게 많으면 안 될 거다
줄 수 있는 게
많다는 기대감을 줘도 안 될 거다

가끔은 내려놓을 수 있는
마음도 알아야 한다
서로에게 빛이 될 수만은
없을 테고
그림자도 이해하면서
나란히 거닐 줄 알아야 할 거다

그래야 그 사람을
오래 볼 수 있을 거다

손톱 밑 가시

감당 어려운 파도에 휩쓸려
허우적거리는 나는
이리 부딪히고 저리 휘청이고
눈물이 쏟아져도
상처 난 흔적은 꿀꺽 삼킨다

엉엉 통곡해도 부족하건만
앞니 깨물어 참아내기에 익숙한 남자라 억울하다
여인이었으면 곡소리보다 크게 울었을걸

오랜 동무를 하늘로 보내고
아들 집에서 주무신다는 어머니를
반갑게 맞을 수가 없다
밤을 꼬박 지샌 충혈된 눈과
근심 가득 어두운 낯빛을
숨기지도 못할 자식은
어머니의 상심보다 더 크게
투정 부릴까 미안하다
어쩌지? 걱정하실 텐데

먼발치 다가오는 어머니 발걸음에
벌써부터 울컥 눈물이 난다.
얼굴을 보기도 전에 품에 안겨
참았던 눈물을 쏟아낸다.
영문도 모르는 어머니는 왜냐 묻지도 않고
자식의 머리와 등을 어루만져 주신다

들썩이는 어깨가
어머니 내음에 진정될 즈음

"몸 성하면 안 되는 일 없다
안 되면 그만이지
엄마가 먹여 살릴테니
기죽지 말고 씩씩하게 살아라
이제껏 더 험한 일도 잘해왔잖니.
괜찮다. 괜찮아"

좋은 파트너였던 업체의 부도로
내 살림살이마서 난시 속 쌀 긁는 소리가 나고
한 끼 따뜻이 내놓을 밥상이 초라하니
심장이 터져 울음에

앞을 보기가 힘들 지경이다

한참 동안 엄마 품에 안겨 울다 보니
아픈 세상이 무던해지는 건
어머니...

내일은 어머니 얘기를 들어드려야겠다
얼마나 아프실지

구름

당신은 구름입니다
그래서 난 당신이 좋습니다

토끼가 되었다가
무서운 범이 되기도 하지요
구름이 많은 그 날은 무거워 비가 내리지요
그 비 다 맞을 준비가 되었답니다

당신은 그저
지나는 비가 아닌
목마른 사람의
갈증을 풀어줄 비를 품은
그런 구름입니다

비록 자주 모양새가 변하더라도

연애

길 위엔
이미 다녀간 마음이 눕고
나는 그 흔적 따라
한걸음, 또 한걸음 내딛는다

구름이 짙어져
잠깐 소나기라도 쏟아질 즈음
눈앞 풍경이 흐릿해져
물감 번진 그림 같을 때면
문득 떠오르는 얼굴 하나

그게 참, 고맙더라고

연애가 별건가
마음이 한번 쓱 스쳐가면
그게 다지

언제였나
한때는 나도

꿈길에 삿갓 쓰고
한량처럼 세상을 떠돌며
붓끝 따라 노닌 적도 있었지

무엇이 대수겠나
사랑이란 게
한때 손잡고
지금은 서로 등 기대어
그저 살아가는 일

그 길 위에
그녀와 나란히
시간을 같이 건너온 것
그게 연애지, 별거 없더라고

오늘도 나는
그녀를 기다린다
언제나처럼
별일 아닌 얼굴로

망종에 부치는 사랑

오늘은 망종,
보리 까끄라기 사이로
햇살이 이삭처럼 번지는 들판은
그림자마저 바쁘게 움직입니다

머리에 수건을 모자처럼 얹은 여인이 지나갑니다
당신을 닮았습니다

길가에 핀 민들레를 보며
하얀 건 토종,
노란 건 먼 데서 온 것이라 했지요
당신은 늘,
나는 어떤 쪽이냐고 물었고
나는 대답 대신,
꽃줄기를 꺾어 당신 손에 쥐여주었습니다

그때 당신은 말없이 웃었고
나는 그런 당신을 사랑했습니다

수확하는 날이지만
이별과 시작이 함께 오는 날이라니
피었다 흩날리는 민들레처럼
사랑도 언젠가 홀씨로 퍼지겠지요

허기질 틈도 없이
고추장에 쓱쓱 비벼 먹던 그 봄날처럼
그렇게 소박하고
진한 마음이었습니다

봄은 늦고
여름은 빠르게 왔습니다
우리 사랑도 그랬을까요.
그러나 오늘, 이 절기 아래
흰 민들레 하나 따다
당신 생각에 쓱쓱 마음을 비빕니다

실수

흩어진 관심은
헤어짐의 첫걸음이었을까

함께 머문 시간 속
작은 실수가 차곡하게 쌓여
말없이 등을 돌리게 했지

그리움은
좋았던 추억조차 넘지 못해
끝내 손을 놓고 말았어

이제서야 꺼내보는
몽당연필 한 자루
손끝에 마음을 매달아
조심스레 써 내려간다

미안하다는 말,
그때 하지 못한 수많은 말들을
가만히 적어 보내는 편지 한 장

혹시 기억하니,
피안의 바다를 향해
깊이 잠수하던 영화 '그랑블루'
그 속 주인공처럼
숨이 닿을 때까지 기다릴게

작은 실수였음을
너무 늦게 알아차렸지만
진심은 아직 여기 있어

이 편지가
파도를 타고 너의 해변에 닿기를~
그대가 얼마나 고운 인연이었는지
이제야, 진심으로 알기에

설 인사

묘안 많고 재주 좋은
내 오랜 친구,
우린 그를 '꾀돌이'라 불렀죠.

소한이 지난 지도
달포가 넘었습니다.
입춘은 멀지 않았건만
아직은 바람 끝이 매섭습니다.

봄이 오기 전,
겨울의 여운을
너무 빨리 놓지 마세요.
바람이 깃을 세운 코트 자락 안으로
스며드는 한기조차
이 계절의 일부이니까요.

꾀돌이 내 친구는
어느새 만능열쇠 수리공이 되어
현관문도,

차 문도
척척 열어줍니다.
마음을 여는 일까지
그렇게 능란하니,
참 고마운 사람이죠.

아침에 내린 비에
철 모르는 목련은
꽃망울을 더 두텁게 맺었더군요.
때 이른 봄도,
그 순진함이 참 예쁩니다.

오늘은 문득
그 친구에게 전화라도 한 통 해야겠습니다.
"설 잘 쉬어라, 꾀돌이!"
그 말 한마디에
겨울 끝자락이
따뜻해질 것만 같아서요.

꽃다발

어머니
살아생전 꽃다발 한번
못 받으시고 먼 길 가셨지

와이프 생일날
꽃집에 들렀다

슬리퍼

손주 마중 나가며
툭 벗어둔 슬리퍼 위로
세월이 내려앉는다

또렷하던 밑창의 나이테는
닳고 닳아 희미해지고
잊을까 적어둔 이름 석 자도
희끗한 머릿결을 닮아간다

굳은살 박힌 맨발은
말없이 걸어온 세월의 훈장

현관 앞 낡은 슬리퍼 한 켤레
그이와 함께
천천히 늙어간다

거울아 거울아

잘 생겨서가 아니야
나랑 함께 나이 들어서
낯설지 않은 거지

아침마다
거울 속 얼굴에
나도 놀랄 때가 있어

누구세요? 하고
인사할 뻔한 날도 있지
세수하다 말고 빵 터졌어

속을 모르는 이 얼굴
젊지는 않아도
더 늙지는 말았으면 좋을텐데

거울아 거울아
더도 덜도 말고
지금처럼만~
부탁이야

거울아 거울아 2

어제는 웃더니
오늘은 주름을 건넨다

거울은 속이지 않는다
속은 건 늘 나였다

받기만 하던 하루도 있었지만
내 삶을 내어주고
그저 처분만 기다린 날도 있었다

거울 속 그 사람
누가 만든 얼굴인가

거울아
거울아
내일도 웃게 해다오

친구

내 친구 중에 복을 주는 이가 있다
만나면 기분이 좋아지고
얘기를 잘 들어준다
밥도 잘 사준다

그는 하나님 같다

사진 찍으면
늘 내 쪽이 중심에 오게 배려한다

농담도 잘 치는데
자기는 안 웃고, 나만 웃긴다
멋진 친구다

그리고
그 친구는
나보다 못생겼다

계절의 숨결

봄 처녀

당신이 얼마나 아름답기에
봄이 오는 듯합니다

오드리 햅번은 티파니에서 아침을 맞았고
당신은 부처님 전에서 새벽을 맞았군요

기도하는 당신은
영롱하고 보는 이로 하여금 숙연케 합니다

입춘 축을 거꾸로 붙였는지
산사에 불어오는 바람이 풍경을 휘감아
멀리 울려 퍼져 맑음이 전해지고
돌아오는 길 동자승의 귓가를 스쳤는지
연신 귓 볼을 비비고 있다오

차가움보다
간절한 당신의 기도로 올 한해도
무탈하겠구료
부처님 전 당신은 햅번보다 아름답소

찔레

찔레가 가장 멋진 계절,
중년의 풍성함마저 닮은
오월의 키워드는 play —
그 해 봄도 그랬지

일곱 해를 함께한 그녀가
늦은 군복무가 끝나기도 전
시집간다며 문득 소식을 전해왔지

찔레꽃 덤불 속
가시에 찔렸던 손끝처럼
그녀는
찔레도 싫다고 했었지
향도 너무 진하다며

우린
찔레꽃을 두고도 다퉜어
누군 흰 꽃이라 하고
누군 붉다고 했지

꽃이 활짝 핀 날
다시 이곳에서 만나
마음을 약속하자 했었는데…

지나가던 봄바람,
따스한 볕에
스며든 그 약속은
강산이 세 번이나 바뀌는 동안
기억 저편,
희미한 아른거림으로 남았네

올해도
찔레는 찔레대로
화려하게 피었건만

그래…
잘 살겠지
그녀도,
그때의 우리도

바람의 약속

눈부신 햇살은
슬픈 이의 눈에도
감미롭게 빛나고 있다

바람은
슬픈 기억을 가진 남자에게 다가와
귓가를 속삭이고 있다

열어둔 창문 너머
들어온 바람을
팔베개해 누웠다
반쯤 감긴 눈 위에
한 방울 이슬 머금고

묵향처럼
깊은 가을을 담은
바람과 나

창 밖 볕과 네가 같이 있었다

괜시레 눈 흘기는 질투에
지금 내가 너의 팔을 베고 있는데
무슨 질투냐고

바람은
얼굴을 스쳐
가슴 깊이 속삭였지
영원하자고

누가 들을까
문을 닫고 돌아보니
없어졌다. 손사래 한번 없이
바람으로 날아가 버렸다

귓속에 속삭이던
영원하자던 말은
나만의 언질이었나

바람과 나

바람의 약속은
기억의 이명처럼

귓가만 요란히 울리고

묵향 가득한
가을은
가을대로 걸음 걸을 테고..

또
겨울은
내 곁을 찾을 테지
아무것도 모른 채

얼마나 추울지..

비, 선몽

새벽녘
선몽인가
빗줄기가 또닥 또닥
베란다 창문 너머로
스르륵 파고든다

꿈으로 만들기 위해
상상을 펼쳐가고
빗방울 차곡차곡 저금해
물 부자가 되는

올해
소한에 귀한 비가 내려
조금이지만 저금해 둔 걸
꺼내어 베풀어본다
뒷집 상국이네 기일에
정안수처럼 쓰라고

오늘 내리는 이 비는

술을 빚어 잘 익은
어느 날
술독 열어 한잔 취한 뒤
할 말이 있다

빗소리 들려
새벽잠 깬 게 아니고
비를 기다렸다고

새벽 비는
그리움이다
선몽 위에 아무 다짐도 하지 말고 생시인 양
바라는 것 모두 그려보자

그리운 이
있다면 말해보렴
빗속이라도
너보다
내가 더 사랑하기 때문에
나는 행복하다고

두근두근~

만추 위에
피어나는 빛
색채로 완성된다

입동에 내린 서리
금빛 아침 햇살에
타올라 돌아가고 있다

조율
가을과 겨울의 만남
그 위에 색채들은
빛으로 찬란함을 눈부시게 만드는
이 아침이 싱그럽고 감미롭다

오전과 오후가 교차되는
오늘도 두근두근 ing...

연결고리

수은주가 10도를 오르니
얼었던 땅들이 군침 흘린다

자칫 밟은 자리 밑 움틀 새순에
상처를 주지나 않을지
걸음이 조심스러운

겨우내 귀퉁이 서있던 괭이가
짝다리를 풀고
잘 숙성된 거름이
양분을 피어 올린다

살얼음 아래 입춘지나
대동강 울부짖는 우수는
계절이 계절을 부르고

돌아보는 계절이 아쉬운들
같이해야 하거늘
손끝 시린 찬바람이

이제 막 태어나는
새 계절을 시샘한다

화살에 올라탄 세월이라
의미를 묻지 말고
받아들이는 계절과 계절에
늙음을 얹혀 같이 가보자
어차피 봄은 오고 있으니

봄 맞을 준비

매화랑 산수유 꽃향기
산천에 가득 물들이니
빈 마음인들 봄이 실려
겨우내 얼어붙은 몸뚱이
깃털처럼 둥둥 떠오를 수밖에

꽃잎 하나 떨궈낸들
아쉬울 것 없느니

살포시 내려앉아
매화빛 입술로 물들이면
임인들
부끄럽고 부드러워라

움추리고 쌓아둔
땅 기운 모아 모아
한발 디딜 적마다
봄을 실어주는 것을

봄 향이 사방에 가득하니

겨울이면 겨울이지
다 갖도 못한 겨울은 어찌하라고
봄 타령인지

심성이 메말라버려
봄 오는 게 두렵다

외로운 구름

고운사 계곡에
흘러가는 하늘이 외로워
누각 아래에 걸려 쉬어간다
산 너머 거북 등을 내다보며
하염없는 하소연을
쏟아내기도 전에
슬쩍 가로채는 구름이
누각에 걸터 앉으라 한다

먼 허공에 손짓하지 말고
깔고 앉은 그 자리에서
너의 손으로 너의 의지로
한 움큼 쥐락펴락 하라고...

지나는 바람에 놀아나지 말고
폼나게 가슴 펼쳐
너를 향해 쏟이지는 햇살을
남김없이 삼키라고...
네모난 나무 창틀에 담긴

한평 남짓의 풍경이
오직 나의 뜰이 되어주니
높은 구름이 외롭지가 않다

나도 고운 구름 따라 쉬어간다

봄에 만난 겨울

선뜻 다가가지 못했던 이성이
고즈넉한 산골 마을 풍경 따라
눈앞에 아른거리는 고향 마을
장작 타는 불 향이
깊은 가슴까지 파고드는
흔적도 없는 연기가
봄바람인지 겨울바람인지
가슴을 탁 트이게 한다

양지바른 뚝 길에 앉아
마른 잎사귀를 매만지면
제 몸 내어 바스라지는
소리에 살짝 놀란다

눈 쌓인 돌 틈 사이
흐르는 개울에 내려앉아
찬서리 이겨 살아낸
용기가 갸륵하건만

흐르면 흘러가는 대로
멈추면 멎는 대로
부딪히면 부서지는 대로
빈둣히 드러누워 지나 갔으련만

파릇한 봄기운과 더불어
구름도 바람도 가까워지면
테스의 빈 옆자리 조각 퍼즐도
제자리 찾아 맞춰지려나

민들레 홀씨

꽃그늘 아래 고개 내민
민. 들. 레.
언제적 날아온 홀씨 한알이
혼자인 내 처지와 닮아 위로가 되었건만
이제 봄맞이로 싹 틔우면
다시 다독일 이 찾아야 될지

발길 닿지 않을 길이 만든 풍경에 자리라도 잡지
산책길 한가운데 납작 엎드려 노랗게 웃고
익숙하게 잠든 시선을 이끌고 있다

벚꽃잎 비가 흩어지면
꽃비 젖은 민들레도 봄볕 속으로 걸어간다

꽃놀이에 취하더라도
발 아래 한번 쯤 내려다 보이소
나 여기서 봄을 더하고 있으니
날 좀 봐주소

빛나지 않는 삶이라도
밟히고 채이는 시련이 두려워
혼자인 내가 부럽더라 전한다

그토록 찬 겨울을 견뎌냈더니
나는 겨우~
피하지도 위로 오르지도 못할
나약한 들꽃 나부랭이였구나
상심한 고개 떨구고
밟히는 대로 채이는 대로
상처투성이 되어 멍이 든다

금방 쓰러질 줄 알았더니
밤사이 상처가 아물고
샛노란 고개를 내민다
벌 나비 한 쌍이 날아와
귀엣말로 속살거린다

"네가 봄날의 주인공이야 "

노루오줌

유월의 첫날
기분 좋은 바람이 유월까지 따라와
눈앞 갤러리 속으로 들어왔다
조용 조용
내 어깨를 다독이며 싫어할 수 없게
유혹하고 있다
얼굴 가득 웃음이 번진다

신천의 산책길

수국은 여기저기
고개를 끄덕이며 피어나고
자리만 있다면
피지 못할 꽃이 어디 있으랴

비탈진 언덕도
샛노란 금계국이 흐드러지고
질긴 서양풀 사이
노루오줌 몇 송이 수줍게 흔들린다

웃음이 나온다
"진짜, 노루 오줌이래!"

엄마 손을 꼭 잡은 채
두 눈을 동그랗게 뜨고 물어보는
아이의 입을 통해 알게 된 꽃

한쪽 눈을 감으면
금빛처럼 반짝이고
두 눈을 뜨면
살짝 노란 오줌빛이다. 정말로

신천 따라 거닐다
처음 본 꽃이지만
그 소박한 빛 속엔
할머니 미소 닮은 따스함이 있다

공원 갤러리 안
노루오줌은
내가 아는 누군가처럼
가만히, 활짝 피어 있다

능소화, 양반꽃 이야기

세상이 열리고
길가 갤러리의 아침 스터디가 시작된다

삶은
참 조그마한 것들로 이루어지고
행복한 선물을 받을 수 있단다

오늘은
능소화 피는 더운 계절

꽃말이 기품있지?
명예, 기다림, 그리움의 이름이란다

옛날 조선 시대,
양반집 담벼락에서만 볼 수 있었던 꽃이야
그래서 양반꽃이라 불렸다지

이몽룡처럼 장원 급제 후
어사화로 머리에 얹혔고

궁녀 별님이 지아비 기다리다
병들어 죽었다는 슬픈 이야기도 있어
그 무덤 위에 곱게도 피어났다는
꽃이 능소화라는 전설~

기다림의 시간,
이름을 날린 꽃 한 송이는

오늘 아침
길가에도
그 기품이 피어나는 구나

능소화도
길가 꽃 친구들도
좋은 기운과 함께하는 아침 공부가 좋지 않니

능소화야
내 눈은
너희들의
꽃병이 되어 언제나 아름다움을 담을 테니
너는 많은 사람에게 행복을 전해주렴

상사화, 마법의 꽃 이야기

새벽의 여명이 온누리에
황금빛으로 뒤덮으면
어김없는 하루가 열린다

길가 나의 갤러리 속으로
꽃 스터디가 시작된다

사랑하는 이의 마음을 읽을 수 있는
마법의 힘을 가진 꽃

먼 옛날 춘추시대
동굴 깊은 곳에서 상사화를 찾은 한 소녀가
한 아름 꽃을 소년에게 선물하니
갸륵한 마음이 전해졌는지 백년해로했다는

누군가를 사랑하는 그대여

꽃을 떨구고 잎 틔우는 상사화의
슬픔일랑 던져버리고

마법 부려 사랑을 보듬고
언제나 행복하기를 배워보라

상사화여
길가 갤러리 위에 피어난 꽃들처럼
아리따움을 아침 공부로 나누니 좋지 않니

오늘도 꽃 스터디는 계속된다

이루어지지 않아도
만나지 못해도
사랑해
사랑해!

등 굽은 소나무

수백 해 강물 곁
등을 낮춘 채 살아왔다

누군가는 비틀렸다 하고
또 누군가는 고단했겠다지만

세월의 흐름에 맡겼을 뿐
억지로 버틴 적이 없다

햇살은 고르게 내리고
바람은 등을 쓸어주었으니
꼭 힘들기만 했던 건 아니다

버틴 게 아니라
함께 살아낸 것
누운 게 아니라
그저 나답게 선 것이다

가엾다 여기지 마라

반듯하게 곧은 길만이
이루어낼 정답은 아니니까

굽은 삶도 결국은
자기만의 곡선을 그리는 법이다

1등을 꿈 꿔 보아도
조금 덜 빛난 들 어떠랴
저마다의 길이 있고
각자의 쓰임새는 다르니

유월 밭에서

바람이 만든 앵두는
익을 대로 익어 붉어졌고
소나기가 부른 뽕나무의 오디는
약속도 없이 떨어진다

유월이 무르익은 계절,
모든 것이 절정에서 지고 있다

고추 모종은 제법 키가 커
아기자기 고추가 매달렸고
가지도 질세라
신비로운 보라를 온몸에 감고
소리없이 자라고 있는데

텅 빈 밭자락 끝,
그 많던 모종을
받쳐주고 던져주던 당신은
동창회 간다더니
해가 서산을 넘어도 보이지 않고

수확할 때쯤이면
동창 친구 손 잡고
미안한 척 나타나
한 광주리 따가려나

마른 흙 위에 풀들이 자라나
당신의 발자국도
풀잎 속에 사라졌다

당신의 손길을 기다리는 푸성귀들이
이 계절 끝자락에
손짓하고 있는걸 모르는 당신이
어지간히도 부럽다

여름과의 이별

유난히
싱싱했던 나의 여름

무더위만큼
땀방울이 주렁주렁 열렸고
집 앞 텃밭 호박 넝쿨은 누가 따갈세라
남의 눈길을 피해 지붕 위에 올라탄다
싱싱한 여름 땡볕에 지쳐 쉬어가지도 못한 채
꼭대기에 애호박 품은 모습이 기특하다

짙푸른 잎사귀 그늘을 만들어
애지중지 키우고 있는걸
바람은 알았나 보다
난 몰랐는데

새벽바람에 일렁이던 잎 사이로
잘 익어가는 호박 한넝이
빼꼼히 내다본다

입추, 처서
어쩌다 불어오는 바람 속에
서늘한 가을이 담긴다

나의 여름이
헤어질 연습을 시키는 구나

여물어가는 늙은 호박도
수확해야겠지

그리고
여름을 보내야겠지
이렇게 또 그렇게....

고요의 울림

아사리판

빛 한 줄기
텅 빈 무대에 떨어진다

나는 흥에 취해
그 빛 위를 맨몸으로 가른다
리듬이 발끝에서 터지고
허공이 허리를 감싼다

조화는 사치
파트너는 미신
눈치는 짐이니 벗어 던진다

혼자의 춤은
그림자마저 나를 응원하는 시간
허공에 흩뿌린 숨이
나를 나답게 만든다

허나
누군가 지켜본다면

그건 아사리판

세상살이도 그렇다

제 몸의 박자를 스스로 세워
빛 속에서, 그림자 속에서
끝까지 흔들리는 것

기자의 맛

기자의 맛과 내음을 내 좀 알고 있지
설레는 마음은 기대로 가득 차 오르고
평화와 고요함이 한 켠에 자리 잡고
한여름 나무 그늘처럼
시원하고 톡 쏘는 맛이지
그 맛을 이제 여러분들에게
나눠주고 함께 할 거야

6월의 싱그러운 초록이
키다리 아저씨의 선물처럼 내 곁에 닿아있고
자칫 잃어버릴뻔한 꿈,
꿈을 찾아 한발 내디뎌본다

미르테의 꽃 향기가 진동하는
바람이 좋은 저녁이다

시민기자
갓 생 1,500여 일을 넘어서며
잠시 뒤안길을 걸어보니

의롭지 않은 게 없었고
흥미롭지 않은 게 없었더라
미완성마저 추억으로 되돌아오고

틀린 것이 아니라 서로의 생각이 달랐을 뿐
맑은 연꽃이 내려앉아
우수에 젖은 눈동자를 만들기도 하는

너를 느꼈듯
나를 눈먼 사랑이 어루만지듯
고이 보듬어 주고
필요로 하는 누구에게라도 돌아가
더 완성된 능선을 걸어봐야지

부지런히 날아다니는 정원의 벌들과
토라지듯 샐쭉한 꽃들이 함께 하듯
어우러져 속한 세계에서
서로가 빛이 나도록
세상을 손 마주 잡고 걸어가 보자
기자들이여

숨바꼭질하는 맛

끝자락 구름이
그림자 싣고 휘돌아간다.

머리카락 보일라 옷자락이 보일라
조잘거리는 맛을 내가 좀 알지

설레는 마음이 진정되지 못해 콩닥거리고
고요한 마음 한 켠이 일렁이고
한여름의 나무 그늘처럼
스르르 눈 감기는 솜사탕 맛이지
들키지 않게 꼭꼭 숨겨
그 맛 나눠주지 않는 욕심쟁이 될 거야

6월의 새빨간 장미가
산타할배 보따리로 안겨오면
흔적없이 지워진 오드리의 꿈이
뒷걸음으로 달려와
이름 새겨진 꿈조각을 내민다

펼쳐보는 종잇장에 낯익은 이름 세글자
네 것이니 모두 가지라 한다.

까마득한 샛별이 쏟아져
잠든 꽃잎을 깨우면
아카시아 꽃향기가 진동한다.
그 길 위에서 나는
한잔 향기에 취해 휘청인다.

문득
기대보다 넘치는 기대가
내 몫일까? 아닐까? 들여다보면
야속한 마음자락은 풀잎 속에 숨어진다
술래도 숨은 이도 하나인 것을
모르는 채 고개 돌린다.

오래지 않은 기억을 서성여
뒤안길을 돌아보니
나를 채운 행복은
나의 것이기도 너의 것이기도 하더라
내 주먹에 움켜쥐고 있었을 뿐

하늘까지 손잡고 걸어가 보자
나를 나답게 하는 너여

욕망

보일 듯 말듯 흐린 하늘 날에

가차없이 뱉지 못하고
주문 외던 입술 위로
날카로운 입맞춤이 문신되어 박힌다.

먼 허공 달아나며
방황하던 눈길 위로
따가운 눈맞춤이 문신되어 새겨진다.

깊숙히 파고들어 진동하는 손길 위로
뜨거운 손맞춤이 문신되어 스며든다.

그림자로 사그라 질까 꼬리잡기하던 겁쟁이는
술래 될 각오로 멈춰선다.

넋 잃은 흔적이 물빛으로 젖을 즈음
숨 멎은 술래의 심장은 가슴팍 뚫어 비명지른다.

박하향 쏟아지는 회오리 너머로
폭죽이 터지고~

동굴 속에서 손꼽아 세던 100일이
하루 만에 채워지면
이끌리는 백일의 길 따라
곰보다 사람이 된다

겨우 한발 뗀 걸음마.
나는...
더딘 밤이 지나기도 전에
내일의 여운 앞에 서 있다.

나인지 너인지
모른 척 눈 감는 하늘이
수 더 그
줍 디 립
다 다 다

나는 이제 인간이 되었다

눈치 보지 않는 세상

어릿광대의
춤사위는 관객과 한 몸이 되어 오방진을
한바탕 크게 놀고 있다
발바닥 아래 외줄은 틀어진 몸의 중심을 잡으며
높이 비상하듯 날아오르고
우주까지 날고 싶은 마음은
단지 별을 따기 위함만은 아니다
삼라만상을 품어낸다

한낱 덧없는 몸짓보다 가득한 것은
비상하고픈 생각 속에 있으리라
야릇한 순간이 삽시간에 온몸으로 퍼지는 날음은
그 이름으로 불리기 전에
손짓 한번으로 빈 허공을 휘어잡는 마술가려니
부족한 것도 모자라는 것도 없는
꿈꾸는 내가 되고픈 것 일게다

배고프지 않은
목 마르지 않는

비단옷을 걸치고 외줄을 타는 광대
목숨줄 내놓고 즐거움을 주는 아픈 인생인 걸
너도 알듯이

언젠가
세상의 모든 것을 맛보기 위해
땅과 하늘 사이를 날고 있다

자유로이
누구의 시선도 의식하지 않은 채

현실

그리움 속에 갇혀 살아라

가보고 만나보면
현실과 동떨어져
언젠가 다시 찾는 그 날
기다림이 반갑던 그 시간은
꼬리 감춰 사라질 테니

그리움 속에 다 있으니
너를 아껴 두었지

그리움은 그리움대로 놓아두고
잠 들거라

꿈 깨는 세상은
시작된 지금으로 젖어 들 테니
돌아보지 말아라

이 또한 그립다

작가의 귀에 소리

어느 작가의 얘기
세월 가는 소리가
기차 레일 덜컥거림이
귓가에 들리고 눈앞에 보인다고

내게도 들린다
혼자 있을 때 더 크게 들리는
귀에 소리

봄, 여름.. 사계

세월 흐름이
선명하게 보이지 않나

시간따라 내 청춘도 옅어질까
낡은 앨범 속
푸릇한 20대의 젊은이를
더듬어 품어보면
세월이 더디 갈까

이토록 애타는 갈망이
단지 지난 세월을 부여잡으려는
미련은 아니다

혼자지만 혼자 있지 말고
흐르는 물 위 수평선을 바라보자

불변하는 것이 있을까마는

세월이 야속하게 흘러도 좋더라
시간에 올라탄 낯선 네가
더 좋아진다

문 밖 피는 꽃은
그대로 두고

세월아
너는 너대로 가려무나
나는 이순(耳順)을
멋지게 먹을 테니

그림자

한낮의 바쁜 걸음을
쉬지 않고 따라오는 그림자가
나를 닮았다

차오른 가쁜 숨으로 털썩 주저앉으면
어느새 옷깃 잡아 토닥인다
수고했다고
숨 가쁘게 달아나도
코앞까지 쫓아와 멈춰있으니
너는 나를 닮았다

손잡아주는 동반자
당신

사라진 그림자

상처

글을 심어 묵은 땅 일구려
빈 잔에 달빛을 담았고
떨구는 낙엽에 몸을 실었다
엉덩이에 뿔이 나고 심장이 타올라
이면지 가득 씨앗이 뿌려졌었지

글보다 말이 낫다 한다
담 넘어 그 집
덜 자란 묘목을
추켜세우는 칭찬에
이리저리 춤추지 않았던가

별이 떨어지고
잔 속 술도 마르는데
해넘이에 주름 하나 더 늘고
고목에 새순이 싹터 화려한들
내 글은 우연히 던져진 고인 물에
옴짝달싹 못하고 죽어있다
아직 술병에 담긴 술은
많이도 남았는데

겨우 한 발짝 내딛는 걸음이
생채기로 곪아 터지고
상처가 아물기도 전에
선명히 드러나는 상흔들
비수 꽂힌 글은 숨이 막혀
창백한 웃음으로 대답할 뿐

가슴에 긁힌 상처
흐르는 눈물이 시리고 따가워
치유할 엄두조차 나지 않는다

올해도 어김없이
입춘, 우수는 찾아드는데
몇 해 전 심어두었던
글 씨앗은 싹이나 틔울런지

긁혔던 가시
조심히 지나치며
글 꽃 피워낼 자양분 가득한
기름진 세상과 만나보자

보기보다
세상은 넓고 깊더라

드립

꽃보다 예쁜 게 뭔 줄 아니?
남을 웃길 줄 아는 거야

허허실실 드립치는
입술 장단에 시선 쏠리면

어떤 이는 유쾌하다며
배꼽 빠지게 웃고
어떤 이는 고개 돌려
찔리는 속내를 감춘다

빠듯하게 쪼개지는 시간이
마뜩잖았지만 세상이
그리 몰고 가는 걸 어쩌랴

눈코 뜰새 없어도
목청껏 웃을 수 있는 여유는
기필코 누려봐야지

살아보는 세상사
꼭 그런 건 없더구만
그렇지 않다고 서러워 마라

한바탕 드립 뱉어내는
호탕한 나는
나도 내가 좋다

드립은 드립이다
가볍지도 심각하지도 않더니
귓전을 맴도는 뒤끝은
가슴 속 회오리친다

웃을 준비된 우리는
열심히 세상 살아내는
한 편이다

속내

잠 오지 않는
새벽은 길지만

밤하늘의 별과
속내 나눌 시간이 많아
눈 감고 살짝 흔들어 본다
그 사이에 사라진 유성은
미세하게 구겨진 바람 탓을 하며
속내를 털어 놓는다

지난 어제의 화해와
더 지난 어제의 오해
오해와 이해 이해와 오해
그 사이를 오가며
내일의 기대를
품어 보는 바램이다

꼬박 지새도 모자랄 밤
수다를 반짝이는 뭇 별들과 함께

지지배배 쏟아낸다

시침소리 또렷한 새벽은
셀 수도 없는 사연을 품은 채
짙은 어둠을 들어 올리고
그제야 잠자리로 든다

우리의 오늘이 기다린다

폭삭 속았수다

나비 날갯짓에
아득한 뇌리가 부서지고
아이유는 그렇게 혼을 담아내고 있다

순간이 영원 되는 비명을 간신히 삼켜내면
목젖에 걸린 메아리가 더 크게 진동한다
덤불길 걷던 발바닥엔 서러운 가시 박히고
자갈밭 이랑타던 손마디엔 갈라진 굳은살 덮였다

애초에 시시한 약조였지
흰머리가 파뿌리 되도록
함께 하자는 약조는
저리 홀로 모진 길을 걷고 있으니

지나던 미풍이 땀이라도 식혀주면
씁쓸한 미소가 지나간다
대쪽 같던 성질은 살기 위함이었을 텐데
박보검이 잘 받아줬기도 했고

영감이 흰나비 되었소?
그럼 이제 아껴둔 내 하소연 들어보겠소
악쓰며 통곡이라도 하련만
검버섯 주름 덮인 얼굴에는
갓 시집온 새색시가 발그레한 미소를 짓는다
꼬부랑 허리 치마폭에 숨기고
서러운 눈물을 옷깃으로 훔치고
하얀 날갯짓을 배웅한다

평생을 그랬으면 되었지
되려 걱정을 하고 있다
하소연은 무슨, 걱정일랑 말고 가던 길 날아가소
손 잡아주지 않더라도 그 걸음 따라갈 테니
염려 말고 뒤돌아 보지도 마소
보이지도 않는 날갯짓을
파도 울음보다 더 크게 삼키며
목젖에 걸린 메아리가 사방에 퍼져
귓전이 파열된다
삐...
흰 날개만 남기고 세상은 사라진다

꿈

아이는 하늘을 보며 꿈을 꾼다

해돋이보다 빠른 하루를 시작하는 갈매기처럼
하늘을 날고 말 것이라고

이 터에서 나고 자란 토박이는
물빛의 주인 아이거늘
쉽사리 배 채우는 갈매기의 눈치는
타고난 본능일까?
먼바다 날지 않고
바위 위에 터 잡고 졸다가
보란 듯이 공중제비를 돈다
놀리는 속내를 알았던지
물가에 마실 나온 물고기를
한입에 낚아채고는 재빠르게 날아오른다

아이는 하늘을 올려다보고
갈매기는 아이를 내려다 본다
갈매기가 주인인 세상

아이는 그 위 하늘을 날고 싶어 한다
날카로운 그들의 시력에,
새우깡 잡은 아이의 손가락이 겁먹지 않도록
힘을 주어 유혹한다

가장 높이 나는 새가
가장 멀리 볼 것이고
아이는
높이 날지 않아도 괜찮다
멀리 보지 않아도 괜찮다
무언가를 더 하지 않아도
지금의 아이는 훗날 더 높이 날 것이다

어울려 살아가는 갈매기의 꿈과
아이의 비상하는 꿈이 어울려
부서지는 파도와 춤을 춘다

내 안의 호수

내 안의 깊은 호수에 노을이 물듭니다

스스로를 태워 하루를 견딘 태양,
고단한 잿빛을 벗고 붉은 숨결로 저물어 옵니다
그 노을, 조용히 내 가슴에 쉬게 합니다

부딪히고 넘어지며 버텨낸
한낮의 시간을 안아드리겠습니다

지친 하루 끝 노을 길 따라
내 안의 호수 위에 고요히 숨 돌리고
마음 편히 머물러 가시지요

언제든 미련 없이 돌아가셔도
옷깃 잡지 않겠습니다

내 안의 호수는
오늘도 저녁노을을 품고 있습니다.

문인의 속살

예리한 펜 끝에 먹물이 떨어진다
애초에 먹통에 지나치게 담은 욕심은
시작도 전에 사고를 치고,
아무것도 모르는 채
펜 끝은 옆줄로 옮겨 자리 잡는다

하얀 이면지에 튄 먹물은
문인의 속마음을 대변하는 듯 하다
심술보가 아니라 설익은 땡감 같아
서툰 여름 준비하는 6월의 신록은
잎 사이 강한 햇볕을 땅 위에 떨어뜨린다

누가 있어
문인의 속마음을 대변하겠는가
흘러버린 검은 먹물에 속마음을 숨길 뿐

글맛 대신 이면지에 오른 먹물은
제대로 퍼지지도 못한 채
따가운 눈초리만 받고 있다

진정 누구의 장난인지

시커먼 먹물의 장난은
문인의 속살을 뇌리에 감추고
완성되지 못한 먹물 자국 위에
문인의 갈망을 갈아 넣는다

행복

어디서 왔을까
언제부터 머물렀는지 모른다

사방에 꽃잎 흩날리는 봄이라
그런 줄만 알았다

마음 한 켠
한 줌 그늘조차 없이 쾌청하다
너를 떠올리면 덩달아 맑아진다

쓰잘머리 없는 생각일랑
바람결에 떠나보냈으니

입술 사이, 저절로 뱉어내는 소리
참, 행복하다고

네 생각
그 하나로 충분한 걸 바람도 아는가 보다

김중용 시인의 이야기

가을이라는 이름만으로도 세상이 내어주는 풍요로움은 차고 넘친다.

무심히 스쳐 지나던 길가의 상사화,
잎 하나 없이 여리게 피어나, 큰 바람에도 꺾이지 않고 흔들리던 그 꽃. 그 고요한 침묵이 오랫동안 잊고 있던 시의 숨결을 되돌려 주었다.

등단한 지 여러 해,
계절을, 사랑을 노래한 시편들을 휴대폰 속에 담아두고는 잃어버린 폰과 함께 놓쳐버렸다.
한동안 글을 잊고 지냈다.
그러다 상사화의 흔들림에 이끌려 다시금 시 한 송이를 이렇게 피워 내게 되었다. 드디어.

잎은 잎대로, 꽃은 꽃대로,
꼴등이 있기에 일등도 존재하듯, 누구에게 잘 보이려는 몸짓이 아니라 존재 자체로 빛나고자 했다.

달 또한 벗이었다.
상현과 하현을 오가며 보름의 환희와 그믐의 어둠을
알려 주었다. 보름은 지친 세상을 고운 치장으로 다
독여 주었고, 그믐은 너와 나의 허물을 덮어 주었다.
그래서 우리는 언제든, 처음처럼 다시 시작할 수 있었다.

늙음도 젊음도 아닌 이 자리에 서서 그 누구와도 동
무되길 바라는 것은 결코 욕심이 아닐 거다.
생각해보면 인생은 결국 옳고 그름의 저울이 아니라
길 위의 동행이다.

나는 다만 쓰고, 그대는 읽어 주는 것.
그것으로 충분하지 않은가.

가을의 문턱, 9월이다.
올해 가을은 내가 만들고, 그 시작을
'사이, 머무는 시간' 속에 담아내려 한다.
그 속에서 수확의 기쁨을 조용히 들어 올리길 바라며

'25. 9월 어느 날.

혁지 김중용

사이, 머무는 시간

초판 발행 2025년 9월 10일
지은이 김중용
펴낸이 김복환
펴낸곳 도서출판 지식나무
등록번호 제301-2014-078호
주소 서울시 중구 수표로12길 24
전화 02-2264-2305(010-6732-6006)
팩스 02-2267-2833
이메일 booksesang@hanmail.net

ISBN 979-11-993878-2-9
값 12,000원